à l'auteur de
La Lumière noble
hommage de
sympathie littéraire

F.T. Marinetti

Poesia
Rue Senato 2 Milan

La Momie sanglante

ŒUVRES DE F. T. MARINETTI

Le Conquête des Étoiles, poème épique . prix 3 fr. 50

(Édition de LA PLUME, PARIS).

Gabriele D'Annunzio intime . . . . . prix 1 fr. —

(Édition de VERDE È AZZURRO - MILAN).

SOUS PRESSE:

Destruction, poème lyrique . . . . . . prix 3 fr. 50

(LÉON VANIER, éditeur, PARIS).

Les Marmitons Sacrés, tragédie hilare . . prix 3 fr. 50

EN PRÉPARATION:

Les Femmes en jaune, poème.

Les Porteurs de Soleil, roman.

Le Roi des rues chaudes, roman.

F. T. MARINETTI

La Momie sanglante

Édition du Journal

"Verde e Azzurro"

MILAN

STABILIMENTO
TIPOGRAFICO
A. PIAZZA
MILANO
VIA AGNELLO, 9

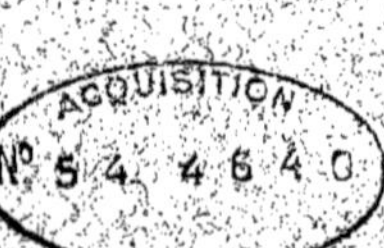

Florence, le X Janvier MCMIV.

En le jour augural de son mariage avec

Mlle MARTHE SICCOLI

j'offre et je dédie à mon cher ami

GUGLIELMO ANASTASI

« La Momie sanglante », *cette œuvre imprégnée d'aromates funèbres et toute palpitante de désir comme un rosier au soleil, pour qu'au festin triomphal de sa jeunesse radieuse, il ose lever très haut la coupe de l'Amour incrustée d'astres et toaster hardiment la Mort, en songeant au raffinement des anciens Égyptiens, " qui n'admettaient point de festin sans squelette, ou sans un emblème quelconque de la brièveté de la vie. „*

F. T. M.

Une crypte Égyptienne carrée où stagne un relent de résine, de gommes aromatiques et de bois de cèdre. On entrevoit confusément adossés aux murailles les formes humaines des sarcophages, dont les dorures brûlent sous la cendre verte de la pénombre. L'on entend un fracas d'éboulement vers le fond du caveau; aussitôt le plafond éclate sur l'encoignure droite, si bien qu'une vaste brèche s'ouvre sur la coulée onctueuse et nacrée du Nil.

La clarté corrosive de la Lune qui, selon la légende créée par l'auteur, a brisé la muraille du caveau, envahit la crypte et frappe, sur la gauche, le plus somptueux des sarcophages, dont le couvercle s'abat sous l'effort de la momie. Soudain animée, la momie d'Ilaï, fille du roi Bocchoris (XXIV Dynastie des Pharaons) se dégage des bandelettes de lin couleur d'ocre et de rouille, toute luisante de sel et de gommes arabiques qui retombent autour d'elle, en formant une traîne vaguement dorée, où ses pieds s'embarrassent. La momie rougeâtre, dont les formes féminines s'ébauchent, ouvre ses paupières sous lesquelles resplendissent deux gemmes merveilleuses, décroise lentement ses bras aux ongles d'or, et s'avance parmi les cercles concentriques que sa traîne de bandelettes semble former dans l'air lourd de nacre et de lait lunaire.

ILAÏ

Oh! combien l'air est lourd! Je suffoque!... et ces bandelettes de plomb, qui m'en délivrera? (*elle ouvre les yeux*) Ah! c'est toi, ô blanche Lune! ô ma sœur, c'est toi qui m'a reveillée? Merci, ô Lune! Je viens, je viens à toi!... Attends-moi! Mais, hélas! je suis si faible et si lasse!... Où suis-je? L'air est autour de moi, merveilleusement nacré et pailleté d'or bleuâtre! L'air est presque liquide! Et mes pieds foulent un sable lisse et humide.

Oh! dis-le moi, ô Lune, suis-je dans les profondeurs du fleuve? Je me promène peut-etre sur les sables gemmés du Nil!...

Ah! que je suis lasse et affaiblie par le sommeil! Mes pieds s'embarrassent dans ma traîne d'or. L'air me porte comme un feuille de nymphéa, qui flotte sur les ondes de ton lait pur, ô ma blanche soeur!

Mais je viens à toi, car un flot de vie gonfle mes veines desséchées! Oui, je sens qu'une sève étrange ruisselle dans mon corps!... Mais d'où vient-elle?.., de quelle source inconnue? car... *(elle se frotte le front pour se ressouvenir)* car... je n'ai plus mon coeur depuis longtemps! *(elle se tâte la poitrine)* Oui... oui, mon sein est déchiré et béant!

En effet, je me souviens: — comme j'agonisais, mes artères grandes ouvertes, en perdant mon sang

et ma vie, je me souviens que j'appelais à grands
cris, de toute ma force, ma fidèle servante Ziboumeh!...
Ziboumeh!...

Où est-elle? Où est-elle, ma Ziboumeh? Viens!
Viens! Ta maîtresse s'est réveillée!... Ziboumeh! Ziboumeh! (*elle l'appelle*) Voilà que je l'appelle d'une
voix rauque et saccadée, comme en cette soirée terrible, dont j'ai compté les heures noires et rouges
qui s'égouttaient telles des lourdes larmes de sang!

Le fleuve etait bleu, l'air du soir se véloutait
de phosphore, dans la touffeur exténuante de l'été.

Oh! comme alors, comme en ce jour néfaste,
ma voix rauque appelle sans espoir.

« Ziboumeh! Ziboumeh! Viens vite!... Elle ne re-
pond pas! Où est-elle? Je défaille!... Comme alors,
mes veines sont desséchées, aplaties, et je chancelle
vers le fleuve, toute ruisselante de ma vie qui s'en

va par ondes rouges. Non, non, aujourd'hui je suis blanche et aride comme une peau de serpent dans la lumière de la Lune!... Ah voilà! Je me souviens! Bien des jours sont passés depuis ce jour... C'était la fête des rameurs, et Ziboumeh s'était longtemps attardée avec ses compagnes pour écouter les histoires du devin sur la dahabieh. Mais, vers le soir, elle rentra... tremblante... et je m'abandonnai dans ses bras, en lui disant : « Promets-moi de faire ce que je te commande. Quand je serai morte, tu tireras mon cœur de ma poitrine ouverte... Jure-moi de le faire, Ziboumeh!... écoute!... Tu te serviras pour cela de la cuillère d'or dont se servent les embaumeuses... Puis, tu envelopperas mon cœur dans une feuille de byssus bien soigneusement, et tu le porteras à mon bienaimé!..

« Oh! Ziboumeh! Je te remercie d'être venue bien vite, car si tu avais tardé encore un instant, je serais morte... Et alors?... alors il n'aurait pas su la déchirante vérité que je cache en mon âme. Il aurait ignoré l'amour torturant qui me consume. Car c'est de lui que je meurs!... »

Nubar, mon Nubar... c'est lui que j'aime!... (*Elle se passe la main sur le front*) Je me souviens de tout, de tout... En chancelant, je m'approchai du fleuve, et Ziboumeh me soutenait par derrière, en m'embrassant les seins. Oh! que ses bras étaient lisses et chauds... J'étais toute froide, et je tremblais, secouée par les sanglots qui déchiraient sa poitrine... Alors, levant mes bras vers toi, ma soeur, ô Lune, je chantai, d'une voix faible, un hymne en ton honneur.

Je savais de belles paroles que Nubar m'avait apprises et qui tristement s'effeuillaient sur ma bouche agonisante comme les pétales d'une rose tuée par le Simoun. (*Elle se frotte le front pour se ressouvenir*).

« O Lune! C'est à toi que j'offre le martyre de
mon cœur et le sacrifice de ma joie!... Car tu voulus
que mon corps restât pur... Et c'est pour t'obéir, ô
Lune, que je lui refusai mes beaux seins duvetés,
impatients d'être pris et mordus et mangés à plaisir!...
Je te sacrifie ses lèvres printanières, qui tour à tour,
s'étiolaient et refleurissaient sous mes baisers, plus
odorantes et rouges!... Je te sacrifie les larmes lentes
et pensives de ses yeux... ses larmes, plus lentes et
plus pensives que les étoiles qui te font cortège! »

Je ne me souviens plus des autres strophes...

A cet instant, ô Lune, tu fus bonne pour moi!...
De ta voix blanche enveloppante et nuancée comme le
parfum du jasmin, tu me promis la joie future d'être
ineffablement unis tous deux, au pays bleu de tes
nuages, qui flottent comme des îles d'extase et de
silence sur les mers de l'Infini!

Tu fus bonne pour moi alors, ô Lune, ô ma soeur !

. . . .
. . . .
. . . .
. . . . *(hallucinée)* Mais j'ai dormi si longtemps, en cette salle, que j'ai oublié la suite de cette histoire ; et j'ai des vallées noires dans ma mémoire !

Nubar... Nubar, doit être ici, ou du moins tout près !... *(Elle se tourne à droite... puis à gauche, fouillant des yeux la pénombre)* Car je sens, je sens l'odeur âcre et chaude de son corps puissant de guerrier !... Ziboumeh ! dis-moi, qu'as-tu fait durant mon sommeil ? Où es-tu donc ?... Elle ne vient pas... Mais

il viendra... Nubar viendra certainement et je l'at-
tendrai!

.   .   .   .

.   .   .   .

Ah! quelle joie de le revoir!... Une force étrange
redresse mon corps et colore mes joues. Je suis ivre
du désir de le voir, et trempée d'amour.... Ziboumeh!
viens vite oindre les nattes de mes cheveux avec de purs
aromates!... Puis, comme la dernière fois, caresse-moi
lentement les tresses une à une, avec tes mains dé-
licates aux longs doigts fuselés qui savent apaiser la
fièvre de mes veines.... Oh! je brûle, je brûle d'une

angoisse voluptueuse !... Prends vite un peigne d'or, et doucement épuise mes cheveux, un à un, en effleurant leurs racines... C'est si doux, tu le sais!

(Ilaï se regarde dans un miroir en s'avançant vers le fleuve)

À ce moment, la lune apparait déclinante, dans la brèche vaste, vaguement colorée d'une rougeur qui s'accroit à mesure qu'elle entre dans les vapeurs du fleuve, dont la coulée onctueuse s'empourpre legèrement...

Oh, comme je suis rouge ! C'est toi, ma soeur, ô Lune, qui me teint de pourpre !... Tu veux donc me farder et m'embellir ?... Et pour quelle fête ? Suis-je déjà vieillie, et ridée ?

Oh, que je suis distraite !... Ma vue se brouille, je me suis trompée... C'est le soir qui tombe, et voilà pourquoi le Nil s'embrase peu a peu... C'est le soleil couchant, là-bas, dans les vapeurs qui montent du fleuve... comme alors, comme à la dernière heure où j'ai bu pour la dernière fois, ses baisers...

J'étais assise, sur la terrasse de mon palais... et le Nil fumait comme les grands bassins de pourpre bouillante où les teinturiers de mon père colorent mes robes de fête !... L'air s'emprégnait de sang de plus en plus... je m'en souviens !... Le vent de la nuit, je le sentais contre ma face, comme l'aile sursautante et membraneuse d'un vampire !... Et Nubar apparut tout à coup, enjambant le parapet, magnifique et pareil aux Dieux vêtus de feu et tout souillés de sang qui luttent dans la tempête sur la mêlée des nuages !... Oui... Nubar !... c'était Nubar ! Il s'agenouilla devant moi, les mains tendues, en soupirant : « C'est la dernière fois, Ilaï, comprends-tu ? la dernière fois !... On me poursuit. Le roi ton père a déchaîné contre moi toutes ses milices comme des meutes ! Je suis traqué... j'ai traversé les lignes des guetteurs et des guerriers en sentinelle !... J'ai déchiré mes mains sur la pointe des grilles... J'ai couru sans répit, sans souffle, les reins cassés par la fatigue, vers toi... vers toi !... et mon coeur dansait dans ma poitrine, détaché, encombrant comme une lourde chaîne !... et je sentais la Mort, la Mort d'airain, à mes trousses, qui emboitait férocement mon pas... Et cela... c'est bien peu de chose, Ilaï, pour te revoir !... et rendre mon souffle en un dernier baiser sur tes pieds blancs...

« La Mort, vois-tu, la Mort me tenaillait les bras dans ma course sauvage !... Et moi, je m'efforçais de la mordre à grands coups de dents.... car je la sentais derrière moi, sur mes épaules et sur mes mains

sans la voir !... Mes dents, hélas ! mâchaient le vide...
je courais comme la foudre, pour fuir la Mort infatigable ! Et maintenant je n'implore qu'un instant de
repos... Ne bouge pas, Ilaï !... Je resterai ainsi à tes
pieds ! »

Nubar se tut, la voix brisée par un grand san-
glot; puis il se mit à m'embrasser les genoux, crain-
tivement, come un enfant... Et moi, laissant retomber
ma tête en arrière sous le poids de ma chevelure,
j'ouvris toutes grandes mes paupières cuisantes pour
repandre toutes mes larmes... Et je sentais mon âme
transpercée de part en part par les cris et les crocs
des hyènes !... Les hyènes affamées du désespoir !... Oh,
les morsures douloureuses de leur crocs, écartelant mon
âme !... Nubar sanglotait à genoux, et les bouffées
rouges qui venaient du couchant nous léchaient d'innombrables langues de feu, comme l'haleine d'un in-

cendie, et la chaleur croissait étrangement. L'air suffo-
cant semblait étoffé de flammes épaisses qui épuisaient
nos poitrines. J'entendais les dents de Nubar qui cla-
quaient d'effroi... Ses dents avaient des stridences bi-
zarres comme les instruments de mes musiciens nègres!...
Je me souviens que son angoisse m'étreignit tout à
coup à la gorge, si violemment que je lui criai: « Nubar, mon bienaimé, ne pleure plus ainsi, ne tremble
pas ainsi... car je meurs de ta douleur! » Il repondit
d'une voix éteinte: « J'ai peur de l'Être formidable
qui respire là, dans ce coin sombre! » Nous trem-
blâmes tous les deux sentant sur nous la nuit fatale
qui nous enterrait violemment, comme les pelletées
d'un fossoyeur, coup sur coup!...

Les ténèbres semblaient durcir sur nos têtes des
neuds plus puissants que les neuds des amarres!...

Alors, parmi la réverbération des eaux rouges

qui nous enlaçaient en une marée de feu... malgré moi, je m'inclinai vers Nubar, lentement attirée par ses prunelles, plus humides et plus douces que les prunelles du lama!... Oh! elles m'attiraient vers lui, ses prunelles soudain agrandies comme des fleuves langoureux au crepuscule, dont les eaux vertes semblent s'attendrir et déborder d'ivresse en plein azur!... Et Nubar disait d'une voix sourde: « Ilaï, Ilaï, ne sens-tu pas sur ton cou frais et soyeux un brutal joug de bronze qui te courbe vers moi?... » E tandis qu'il parlait, mes yeux hallucinés voyaient réellement l'eau brûlante et rouge du Nil qui envahissait ma chair et gonflait mes seins. — « Ilaï, Ilaï, disait-il, donne moi tes lèvres, tes lèvres encore une fois, pour en nourrir mon coeur!... Et puis, je m'en irai bien loin, le front courbé vers la terre, à travers les déserts aveuglants en portant le soleil féroce de mon destin, attaché

sur mon dos, comme un meule embrasée!... Tes lèvres fraîches et lisses, comme les plages, que les
marins baisent au sortir des naufrages!... Tes lèvres,
hurla-t-il en sanglotant, et puis je m'en irai par delà
les portes de la Mort!... »

Pauvre Nubar! Rien ne put me soutenir en ce
moment... le joug de bronze me courbait invinciblement
vers ses lèvres, sur les gouffres bleuâtres et dorés
de ses yeux!... Et je voyais trembler ma frêle image
dans ses yeux, comme une étoile perdue sur une
mer orageuse.

La nuit fauve avait tout envahi : la terrasse, les
escaliers géants du palais, les colonnades de porphyre
et le paysage lointain... Le Nil rouge nous envelop-
pait de brumes écarlates... « Ilaï, Ilaï... le fleuve maudit
est tout près de nous... Là, là... ses ondes scélerates
rongent déjà ma peau!... Donne-moi tes lèvres...

l'oasis de tes lèvres fraîches... pour y vivre encore une heure, car je sombre dans un océan de feu !... C'est le fleuve même de notre amour forcené qui mélange nos corps et nous soulève !... Où m'emportera-t-il ?... Je vois un torrent de flammes qui coule de ton cœur béant ; un torrent de tendresse infinie et d'amertume ruisselle hors de ta chair et m'entraîne... Tout le ciel est rouge du reflet de mon désir !... »

Elle s'affaisse sur un tombeau de pierre, en tournant le dos au Nil rouge, où la lune s'ensanglante à travers les vapeurs. Elle demeure immobile un istant, puis se relève, et, se tournant :

Oh ! j'ai fait un mauvais rêve !... Je suis si faible que je tombe de fatigue à chaque pas !... Tiens ? Tu es toute rouge, ô Lune !... (*en souriant, oublieuse, mélancolique et incrédule*).

Des sages prétendent que tu te colores de sang
pour annoncer aux femmes la mort de leurs amants !
(avec un sursaut) Mais c'est faux ! Car Nubar est
vivant ! Oh, Lune ! dis-moi, l'as-tu vu ?... Où est-il à
cette heure ?... Est-il toujours le plus beau et le plus
intrépide des guerriers ? M'aime-t-il toujours comme
autrefois, avec sa belle bouche insatiable de baisers ?

*(en s'affaissant elle tremble de sentir sous ses doigts des
hiéroglyphes en relief sur le couvercle du tombeau, elle
regarde à la clarté rouge et se relève épouvantée, devenue
effrayante de pâleur).*

Mort !... Mort !... Nubar est mort ! Ce n'est pas
vrai, je n'y crois pas ! *(elle se couvre le visage)* Quelle
horreur ! Nubar mort depuis mille ans !... suis-je folle ?...
Il y a mille ans que je dors... et loin de lui... et sans
le revoir !... J'ai donc marché dans les labyrinthes de la

Mort, touffus de fantômes... sans rencontrer mon bienaimé! Est-ce possible?... Que tu sois maudite, mille
fois maudite, ô Lune!... Car tu m'as trompée!...
(*Elle sanglote*) Oh, pourquoi donc venais-tu me ca-
resser la chevelure tous les soirs, avec tes longs
doigts couleur de perle, si délicatement que mes seins
se gonflaient d'une ivresse exquise?... Oui, c'est toi la
coupable, c'est toi qui grisais mes lèvres entrouvertes
avec tes longs baisers tous parfumés des fleurs amou-
reuses dont tu avais bue l'âme en tes voyages le
long des nuits, sur les campagnes ténébreuses !...
Nubar en connaissait trop, hélas! la troublante saveur!...

C'est toi qui alanguissais ma chair de volupté
en me caressant le corps des pieds à la tête. Et je
demeurais longtemps noyée dans tes rayons, où passent
et repassent tes mains exsangues et veinulées d'amé-
thyste !...

Et tout à coup, je me souviens !... je me souviens... tu agitais sur mon visage le suaire blanchâtre du remords, plein de vermine, en me tendant ta face d'ivoire, devenue tout à coup pareille à celle des Morts !

C'est toi la coupable !... Magicienne infame !... Quand je chantais sur ma terrasse, c'est toi, ô Lune, qui rendais ma voix aussi suave qu'un encens pur, qui s'évapore vers les étoiles !...

Toutes les fois que Nubar m'embrassait les genoux en me suppliant d'amour, tu bondissais violemment entre nous, en gesticulant de tes bras souples... pour séparer nos lèvres... et tu tendais ta face pareille à celle des Morts !...

Alors, en tremblant, nous désenlacions nos doigts, qui avaient fondu ensemble avec délices, notre moelle, et notre sang !...

Presque aussitôt après.., oh, stupide ironie !...
ton corps blanc de magnolia, ô Lune, ton corps à
demi nu et parfumé de jasmin s' épanouissait à mi-
racle d'entre le suaire hideux du remords !... Et le
suaire, plein de vermine, se muait en un voile d'or !
Alors, repliant tes bras de nacre, ô Lune, sous ta
tête pâle, dans les tresses ondoyantes de ta chevelure...
comme une baigneuse aérienne, tu t'abandonnais dans
le grand fleuve de clarté bleue, ruisselant à pleins
bords dans le firmament !...

. . . .

. . . .

Oh, ses larmes ! Ses sanglots douloureux !...
Oh, que ses larmes éclaboussent et souillent ton
visage de pureté !...

(*Elle pleure en regardant ses mains*) Les larmes de Nubar coulaient sans fin sur mes doigts, douces comme un baume !... Mais elles ont fini par trouer mes mains, comme des gouttes de plomb fondu... tant elles furent nombreuses !

C'est toi, la criminelle !... Du moins, dis-moi, où as-tu égaré son corps ?... Lui qui adorait ta lumière divine ?... As-tu donc oublié qu'il marcha à travers les embûches et les ennemis innombrables... vers le baiser de mes lèvres... malgré les soldats de mon père, qui le guettaient au passage, avec leurs cimeterres dégaînés, dans l'ombre des jardins ?...

Que lui importait la mort... du moment qu'il savait que mon âme était inclinée vers lui, sans le connaître... comme une fraîche gargoulette pour le désaltérer ?...

(*Elle se passe les mains sur les yeux*) Je me rappelle de tous les détails... Oui, c'était le jour de notre première rencontre...

J'étais assise sur ma terrasse... Le palais royal jettait une ombre enorme et massive sur le Nil... couvrant ses eaux dans toute leur largeur, jusqu'à l'autre rive!... Oh, Lune! tu te levas à l'horizon... derrière moi!... et j'étais dans l'obscurité... Soudain, un cri déchira l'air, puis j'entendis un bruit de pas precipités dans les allées invisibles de mon jardin...

Et cependant ta clarté laiteuse, ô Lune, dévorait l'ombre du palais sur les eaux du fleuve... si bien que le palais semblait retirer son ombre vers sa base, comme un ample manteau noir.

Tout à coup, Nubar bondit devant moi, sautant par dessus la balustrade...

« C'est depuis toujours, cria-t-il, que mon cœur est ivre de toi!... et, néammoins, j'avais juré de fuir... Mais, qu'importe ? C'était écrit !... Pardonne-moi !... Ce soir la Lune sacrée m'a fait signe de la suivre ! À la nage, j'ai suivi sa clarté qui envahissait le fleuve... vers la masse ténébreuse de ton palais !... La course de la Lune, s'accélérait, en montant vers le Zénith... L'ombre de ton palais fuyait devant moi et il me semblait de poursuivre à la nage les sandales furtifs de la Lune effleurant les eaux... Puis le courant du fleuve devint terrible !... Je me sentais faiblir !... Oh, joie ! voilà que tout à coup ta voix, comme une claire fontaine jaillit de ton palais sinistre !

« Oh ! je n'oublierai jamais ta voix d'amour qui m'appelait... qui m'appelait éperdument ! Ta voix se balançait comme la tige même des astres parfumés !... Je raidis alors mes muscles contre la violence du courant... et j'atteignis la rive m'enfonçant dans la vase... Un soldat dont l'armure et la lance scintillaient s'avança... Ilaï!... Je me suis jeté dans ses jambes d'un bond de panthère, si violemment qu'il tomba à la renverse... Oh! je l'ai vite poignardé! Tu vois! mes mains sont rouges!......

« Et me voilà tombant enfin à tes pieds pour mourir, le coeur blessé à mort, par ta voix d'amour... et sans espoir... et sans espoir, pour mourir à tes pieds!..... Prends ce poignard et tue-moi donc, Ilaï! pour me punir d'avoir désiré tes lèvres! » (*Elle pleure longtemps.*)

.... Oh, Lune! rends-moi son cadavre!... Pourquoi m'as tu donc reveillée si ce n'est pour rendre sa chair froide, à mes lèvres désesperées?... Je sais que tu vas errant, infatigable, de tombeau en tombeau!... Je sais que de tes lentes caresses... avec tes longues mains soyeuses couleur de perle... tes mains suaves... tes mains torrides, tu épuises et liquifies la dureté du marbre, et tu fais éclater le couvercle des tombeaux à force de baisers dévorants et implacables!... Je sais que tu viens de faire crouler la voûte de cette crypte sous la neige brûlante de tes baisers... et sous la pression épuisante de tes seins gonflés d'une chaleur divine....

C'est ainsi que mon coeur éclata d'ivresse sous la pression de ses lèvres!

O visiteuse des cryptes, ô toi qui reveilles les amants défunts pour unir à jamais leurs bouches inconsolées... ô Lune, rends-moi son cadavre, rends-moi le cadavre... de mon Bienaimé!...

(Elle tombe à la renverse dans l'ombre... La Lune s'est couchée dans les vapeurs du Nil qui coule noir comme l'Erèbe...)

.   .   .   .

(1903)

www.ingramcontent.com/pod-product-compliance
Ingram Content Group UK Ltd.
Pitfield, Milton Keynes, MK11 3LW, UK
UKHW021648090726
13657UKWH00004B/1835